風子

大泉風子

東京図書出版

風子◇目次

一、戦中生まれ

小さく生まれた赤ん坊・風子は、町医者に匙を投げられ、その上、お産婆さんにまで、「もう、この子は諦めた方がいいですよ」と言われていた。側で聞いていた祖母は「赤ん坊は、又直ぐに出来るから」とあまり手助けをしてくれなくなったと言う。第二次世界大戦中は、産めよ、増やせよ、の時代で多くの家で子供の数が多かった。小さな赤ん坊は、か細く泣き、おっぱいがよく飲めなかった。母は柳行李の中へ湯たんぽを入れ、赤ん坊を温めるために、日に何度もお湯を交換した。「母乳を飲ませるのに苦労したけど、こんなに元気な子に育ち、あの時が嘘のよう」と当時をなつかしそうに思い出している母。その赤ん坊は、戦火が激しくなる一歳の頃に、空襲警報のサイレンが鳴ると母に抱きつき、激しく泣きじゃくったと言う。飛行機工場の近くの社宅の頭上に、B二九戦闘機が飛行し、西の空を真っ赤に染めた事もあった。母は子供達を抱えこみ、「死ぬ時は、一緒に」と思った。又、空襲警報に慌てた母は、一歳の私を逆さに抱き、泣き声を下にしたまま、壕まで走ってしまった。この話には、思わず笑ってしまったのだ。

なぜ、私の出生時から一歳の頃の話をしたのかというと、経緯は中学生の私が母に反抗したからだ。苦しい、辛い事が続いて、思わず放った言葉は、「私を産んでくれなくてよかったのに」だった。母は私を叱り、出生時から一歳の頃の私を、教えてくれた。母が私を大切に育ててくれた事に、胸を強く打たれ、なんという恥ずかしい事を言ってしまったのだろうと反省をした。

出生時と一歳の頃の事は少しだけ知る事が出来たが、其の後の記憶はなく、小学一年生頃からの記憶は、おぼろ気にある。家族で行ったお祭り、魚つり、お弁当を持って、ハイキングに行った事だってある。父は出掛けると、必ずといっていい程、何かしら買ってくれる。楽しかった。

家には他の家にはない物があった。この頃の世の中は、まだ戦後の敗戦の傷が深く、貧しさは続いていた。中には想像を絶する程の貧しさに喘いで、恥も外聞もなく暮らさなければならない人もいたのだろうと思う。

中でもあの日の事はよく憶えている。そこはこの辺では有名なお寺で、門前には何十人もの乞食が立ち、その様は異様で哀れに見えた。松葉杖をついた傷痍軍人、男も女も、誰もが衣類も顔も手も垢で汚れていて、長い間、入浴などしていない事は一目瞭然だった。中には、自分より少し年上かなと思えるような子供もいるではないか。その様子もみすぼらしく、やせて見えた。私は、子供がどうしてここに立ち、物乞いをしているのだろうと、とても気になった。私の財布に入った小銭は、それらの人の前に置かれた小皿に入れたけれど、忽ち終わってしまった。その後も私達家族の周りを囲み、物乞いする人達を知り、小さな私は愕然とするのだった。参道のお店では、何も買えなくなったし、お参りのお賽銭もなくなり、がっかりしていたら、母が「ほら」と小銭を少しだけくれた。

我が家の平凡な幸せが、この後はあまり続かない事など、全く知らないで無邪気で、おしゃべりで、ちょこちょこ動き回る子だったらしく、チャボ（鶏）を飼っているおじさん家へ行くと「風ちゃんはチャボと一緒だね」と言われ可愛がられた。鶏の小型版のようなチャボは、時々私を追いかけた。私は「キャッ、キャッ」と騒ぎながら面白がって逃げていた。私は、この鶏と同じくらい、おしゃべりな子だったのだろうと思う。

二、姉の進路

私が家の傾きを知ったのは、小学三年生の頃だった。明るい家は、急に暗くなり、母の顔が小さくなった。父は経営する会社の近くに、もう一軒、別に家を構えて、本当の家には帰らなくなってしまった。父には好きな人が出来て、帰らないのだと母から聞いた事があった。「嘘、絶対に違う」と心の中で思ったけれど、驚くような話が、父の居ない家に舞い込んだ。

景気の良かった会社も次第に景気が悪くなり、戦後のどさくさに紛れて始めた仕事は、再起不能な赤字経営となってしまったのだ。その影響を受けるのは、母であり、子供達なのだ。ずっと専業主婦だった母は、困り事があると、直ぐに実家の祖父を頼っていた。

この日も、祖父は母に頼まれ、しぶしぶと娘の家に来てくれたのだ。子供達は正座して、母の言った通りに祖父を待っていた。「おじいちゃん、なんだろうね」「きっと何かおいしい物を、持ってきてくれるんだよ」などと話していた。けれど、その時、いつもは明るい姉が、ずっと無口で、暗い顔をしていた。私より七歳年上の姉は、事前に母から話の内容を聞いていたようだ。いよいよ、祖父の大切だという話が始まった。

祖父はいつもより渋い顔をして、「こんな話を子供に話したくないけど、大切な事だ」と言い、母に「いいんだね、全部を話して」と確認した。母は相槌を打つ。その話とは、とても深刻な暗い話だった。小三の私には難しい話だったけれど、なんだか、とても辛い気がした。一番はっきり分かったのは、高校に進んではいけないという事だ。「この家は急に貧乏になった。父親の仕事が、うまくいってない。もう母親に生活をする為のお金を、持って来なくなった」と祖父は、辛そうに話す。子供達、特に下の子達は貧乏という言葉に反応し驚いている。祖父は母と時々、目を合わせながら、長い話が続いた。いや、本当はあまり長くなかったが、小三の私には、そう感じたのかもしれない。

すっかり、高校入試の準備をし、勉強に励んでいた姉に向かって、「春ちゃん、残念だけど我慢してくれ。ずっと、勉強を頑張っていて、成績の良いのは知っている。バカ親のせいで、それが出来なくなった。高校は諦めてくれ」と言った。姉は力なく頷く。母は「春子、本当にごめんね」と謝っていた。

祖父の話は、まだまだ続く。「家は今、高校進学どころではない。この不景気な時、どのように家族が暮らしていけるか、どのように生きていくかだ」と真剣さが増してきた。「母親は仕事を探している。おじいさんも手伝うから、子供達も家の仕事を分担し、母を助けてほしい。皆で力を合わせて、頑張ろう」と言いながら、いつの間にか、祖父の目は涙で、うるんでいた。母も泣き、子供達も泣き、その部屋にいた皆が泣いていたと思う。

そして、家事全般を子供達でやる事になった。御飯炊き、みそ汁やおかず作り、薪で炊く御飯は美味しかった。火をつけて、釜の蓋から泡がぶくぶく出ると、急いで、かまどの薪を全部外へ出し、余熱で炊きあげる。一番難しいのが、おかず作りで、魚を焼く時には七輪を外へ出して、うちわでパタパタとあおぎ火の調節をした。煮物は母のようには出来ず難しかった。洗濯は凸凹のある洗濯板の上に、汚れた衣類を置きこする。石鹸はあったが、今のようによく汚れが落ちる物ではなかった。石鹸をつけて洗った後のすすぎが大変だった。最初は井戸水を使っていたから余計だ。水のくみ上げから、ポンプになった時は嬉しかった。

祖父が家に来て、進学断念の話をしたのが師走の事、中学校の成績が常にオール五だった姉は、いつも勉強をしていた。その頃は家に余裕があり、ラジオで放送されていた英語講座がレコードになると、姉は早速購入し、よく聴いていた。カムカム・エヴリバディ・ハウドュド・アンド・ハワユー、講座前に英語の歌が家中に鳴り響く。その歌は、私の耳の奥底にも、こびりついている。

そのように育てられた姉が、急に方向転換させられ、おまけに就職したら、給料の一部を家に仕送りするよう、母に頼まれていた。姉は進学を諦めて、集団就職で東京に行ったのだが、その就職先があまりに劣悪で、家に戻って来た。その後、自分で探した看護の道へ足を踏み入れたのだ。仕事を半日して、学校へも出してくれる。その上、少ないとは言え、給料も出る好条件だ。姉は家が傾かなかったら志望校に入れ、大きな夢が持てた筈、親戚中から「春ちゃんは優秀だ。先生にだってなれる」など、小学生の私は耳にたこが出来る程聞いていた。なのに、折角勉強を頑張っていたのに、可哀相でたまらなかった。でも、数年後、真っ白な白衣姿で、てきぱき働く姉を見て、そんな思いは吹き飛んだ。若いのに、自分の力で活路を見つけた姉は、立派だなと思った。数年後、私も妹も、母の勧めもあって、看護の道に進んだのだった。

三、学校に行けなかった日

地方新聞に載った父の小さな記事を何回も読んだ。「経営難を苦に自殺のおそれ」見出しには、そう書いてあった。近所の人には、隠しようがないけれど、学校の友達に知られるのが嫌だった。「恥ずかしくて、学校に行けない」心の中で呟く。カバンを掛け、隠れるように家を出た。

この朝、母は家にいなかった。夕べから、父を捜しに出掛けたまま帰らず、その朝は子供達だけだった。兄は新聞を一部家に置き、父の載る新聞を配達し、家に戻ってきた。

風子、十歳、小学四年生、学校に行けず学校の近くの川の中に入る。水門が閉じられているので川の水は今はなく、大きな土管の中へ潜り込んだ。そこには枯れ草や枯れ葉が敷きつめられていた。風子は眠れなかった体を、その枯れ葉の布団の上に横たえた。枯れ草や枯れ葉は眠りをくれ、すっかり寝入ってしまった。風が何回も頬を撫でる。「もう、起きなさい」と起こしてくれた。

間もなく小さな風は大きくなり、唸り声を上げながら葉っぱ達が踊る。土管の中は、まるで葉っぱの教室のよう、新入りの風子の足元に来て離れない。「ザザザザザー遊ぼうよ、友達だよ」ヒューヒューヒューヒューと音を立てながら、取り囲まれてしまった。「えーい」私は両手で葉っぱの輪の中へ入る。ザザザザー、何枚もの葉っぱが一斉に私の体を、隠す。私は「えーい」と声をあげ、逃げる葉っぱを追いかけた。すっかり友達になれたけど、「家に帰らなくちゃ」と言うと、土管の外まで追いかけてくる葉っぱ。クルクルクルクル、ルルルルル、と踊りながら、「気にしない、気にしない」と風子を励ます。風は背中を押して家に着くまで送ってくれ、「今日の事は内緒だよ」と耳打ちをしてくれた。私は約束通り、母にも先生にも言わなかった。

あの日、涙を流して土管に潜り込んだのに、すっかり元気になった。風は私のまわりに、いつも一緒にいる。優しかったり、冷たかったり、温かかったり、怖かったり、時には、倒れそうになるくらいの力で私の前に現れるけれど、風の中で勇気をもらった。風の中で育った風子なのだと思った。

四、父との別れ

父は、見るからにボロボロになり、知らない人と一緒に家に帰って来た。あの騒動は極寒の風の吹く、夜の事だった。山へ行き、ウイスキーを飲み凍死しようとしたが、発見されて生きて帰ってきたのだ。

私は学校へ行っても、落ちぶれて貧しくなった家の事が気になり勉強は殆ど頭に入らなかった。頭に入らずとも丁度良かったのだから、勉強の事など気にしてはいなかった。姉のように成績を上げてしまうと進学を望むだろう。だから勉強は家ではしなくてよいと繰り返す母の気持ちは分かっていた。私なんか、この小さな曲輪の中で、何も考えず静かに生きていれば良いのだ。多くを望めば母に迷惑をかける。「私なんて、駄目人間の駄目な子なんだ」と少し僻みが芽生えたのも、きっと、この頃だったのだろう。

父が家に戻って二、三日後に玄関がガラガラと開いた。「誰だろう、こんな時間に」、夕食の支度が殆ど終わっていた私は玄関に行き、誰もいないので外へ出た。母は仕事から帰っていない。外は薄暗い。大きなカバンを背負っている人がいた。近づいてよく見ると父ではないか。黙って歩き出した姿を見て、私は咄嗟に、父とはもう会えないような気がした。暗くなりかかった道を泣きながら追いかけた。「追いかけるな、追いかけては駄目」と天上から大きな声と黒い空が、風子に被いかぶさる。その声をふり切って走る。お祭り、花火見物、川遊び、ハイキング、楽しかった思い出も一緒に連れて走った。赤いトッパーコートのポケットから「チャリン、チャリン」と音がする。「ハアハア」息せき切って追いつくと、その瞬間、父は私を抱きしめた。

短い時間だったけれど、父の匂いと温もりを感じた。父は「風子元気でね」と言った。二人とも泣いてしまった。私は元気なんて無理、どうして出ていくのか、理由を教えて欲しかったけど、何も言えない。家でも学校でも、沢山の思いがあるのに言えない性格だ。私はさっき自分の貯金箱から、ありったけの小銭を持ってきた。それを無理矢理、父のオーバーのポケットの中へ押し込んだ。どれだけの失敗をしても、財産を失っても、「父は父だー」と叫びたかった。父は暗闇の中へ消えて、もう見えなくなってしまった。私は泣きながら、いつまでも見送っていた。

五、赤　紙

どどどどどーっと知らない男の人達が来た。遠慮なく、赤い紙をぺたぺた貼った。目を皿のようにして品定めをし、金目の物から持ち出した。蓄音機、レコード、カメラ、家具、着物、最後はラジオ、大好きな連続放送は、もう聴けない。放送時間になると子供達は、仲良く聴いていた。ラジオが持ち出されて不満だったけれど我慢するしかないと思った。

間もなく引っ越しもした。そして、兄にも、私にも、妹にも、仕事が待っていた。私は家の手伝い以外に、母の実家の子の子守。子守が上手だと評判になり、近所の子を含めて、三人の子守をした。駄賃は母と半分にして自分のお金は学校貯金に入れた。

後に担任の先生に、「どうして、こんなに沢山の貯金が出来るのですか」と問われた事があった。私は子守をしている話と、駄賃の半分は自分のお金なので、全部を貯めています、と話すと先生は驚いて、「貯金額が一番ですよ」と言った。私は、子供の貯金なんて、たいした事ではないと思った。お金が増えれば本当に困った時に使えるのだと思ったけれど、先生には言わなかった。

後に中学校の修学旅行時、この貯金を下ろして参加した記憶がある。この旅行の写真を見ると思い出す。子供時代のちょっと偉い、なつかしい話である。

この頃、生きる為に一番働いていたのは母で、仕事が終わると、夜なべに機織りをし、いつになったら寝るのか分からなかった。赤紙を家中に貼り、空っぽにしたのに、まだ足りなくて借金取りが来ていた。母は痩せてしまった。姉や兄は、お金の事で巻き添えにされて可哀相だった。私が中学三年生になると借金取りが来なくなった。

六、ふるさと

私は群馬県大泉町の会社の社宅で、戦時中に生まれ、一歳で終戦となった。幼少期からは田園風景の広がる、のどかな田舎で育った。そこは桑畑が並ぶ養蚕も盛んな所だった。母の実家は大農家で、繁忙期は猫の手も借りたい程の忙しさになる。私は蚕が苦手で、知り得るのは、蚕はくわの葉を食べて、まゆをつくり、やがては絹織物となり、農家の収入を増やした事くらいだ。

小中学生の頃には実家の蚕室に入る事が出来なかった。白いぶよぶよした芋虫のような、価値ある物体に触る事すら出来ずにいた。「風ちゃんはバチあたりだね。蚕は、お蚕様なんだよ。ほら、お腹が透けて見えるでしょう。これをね、『ず拾い』と言ってね、こちらの場所に移すんだよ。ほら中へ入りなさいよ」手慣れた近所の手伝いのおばさんが誘導するけれど、私は入口から、二、三歩、入っただけで触る事など出来ないのだ。この辺の農家は養蚕より稲作が盛んで、夏の始めに田に水をはって稲を手で植える田植、秋には稲刈り、農家の人は皆がよく働く、手元が見えなくなるまで、農作業をしていた。

農家が一番忙しそうに見えたのが、六月の田植の時期だ。そこで東北からの出稼ぎ人の手を借りていた。出稼ぎ人は移動班とも呼ばれていた。実家の手伝いが終わるとまた別の地域に移動して農作業を手伝っているのだろうと思った。難しい事は分からないが、日本の農業が、まだまだ衰退していない、農業の盛んな時代だったのではないだろうか。今のように仕事がなかったと思うが、農業生産のために人が集まる。母は実家によく農作業を手伝いに行っていた。

私の小中学生の頃は農繁期休暇という、学校が休みになる日があった。休みになる訳は、「繁忙期に子供達も家事や農作業を手伝う事」だったように思う。農家の若い主婦に赤ちゃんや小さな子がいると働けない。そこで私の出番が来る、子守が始まるのだ。田んぼ仕事をしている赤ちゃんのお母さんの所へ、おんぶで連れて行き、おっぱいを飲み終わるのを待つ。赤ん坊は飲み終わると、直ぐにすやすやと寝てしまう。

私は農繁期休暇や夏休みに忙しかった。子守が終わると紙に包んだ駄賃がもらえた。帰り道に田んぼに植えられた稲の苗が水の中で一直線に並んでいると、とても清々しく思った。子守仕事が終わった嬉しさと重なって、余計にその風景に魅せられ、思い出にも残ったのだろう。私は赤ん坊を背負い、この田んぼ道を行ったり来たりして、道端に咲く野の花に感動した。

当時、前橋古河線のでこぼこ道には、普通の車など、めったに通らない。中央バスの前橋行きと館林行きが日に何度も行き交う。バスが便利で自家用車を持っている人などはいないから、誰もが利用した。道がへこんでいるので、その場所へ来るとバスはバウンドする。子供達は大喜びだった。

学校は遠かったけれど、雄大な赤城山を見ながら上級生と一緒に、元気に通学した。終戦の七、八年後だったろうか、日本にはアメリカの進駐軍が駐留していて、私は何回か、この県道でチョコレートをもらった。アメリカ兵の乗った車が見えると「ハロー」と手を振った。車が止まると、「ギブミーチョコレート」と手を出した。いつも男の子達と一緒だった。敗戦国の子供にアメリカ兵は笑顔でチョコレートをくれた。なんだか不思議な気がしたが、チョコレートは珍しく、とても美味しかった。日本はこの頃、今よりも、ずっと貧しい生活だ。でも、人々は皆が親しく、助け合いながら、一生懸命に生きていた。

私の小学校の最後の夏休み、「皆で学校へ来て、ポスターを描こう」と先生は言った。私が先生に「子守をしなければならないから休みます」と言うと、「子守をしながら学校へ来なさい」と言った。私は赤ん坊を背中におんぶして学校へ行き、絵を描いた。色塗りの時、先生や同級生が赤ん坊を見てくれたのだ。クラスの皆に家の事情が分かってしまい恥ずかしかったけれど、嬉しかった。

子守をしながら行っても、誰も文句を言わない、誰も私をいじめたりしなかった。そして、私のポスターは入賞した。

七、祖父

祖父は背の高い、温厚で優しいおじいちゃんだ。私は祖父に叱られた事がない。雛鳥が餌を求め、大きな口を開けていると、親鳥が餌を口にくわえて何度も運んでいるが如く、おなかを空かせた孫のために、背負い籠をしょって食料を届けてくれた。

私は学校が終わると母の実家へ走った。この時間は、祖父は炊事場にいた。なによりも、そこにはラジオが置いてあり、連続放送を聴く事が出来た。そこは広く、いつも美味しい匂いが漂っていた。

実家は大農家で、農繁期には大勢の人が泊まり込みで手伝っていた。母が食事作りの手伝いに駆り出された時は、私と妹も一緒に呼ばれ実家で夕食を食べたりしていた。そんな時、祖父は姉の進学断念の話を思い出すのか、「春子姉は元気か」と問いかける。「元気だよ、この間も帰って来たよ」などと答えると、「そうか、そうか」と言って目を細める優しいおじいちゃんだ。

そんなある日、祖父は私に言った。「なあ風子、勉強はなー、いつだって出来るんだよ、大人になって自分が勉強をしたいなーと思ったら、その時、自分の力でやれよ」と。私は何気なく聞いていたが、祖父の顔が真剣で、はっとした事を覚えている。私が「まだ分からない」と言うと「人の事などは気にするな、ほら、おじいさんだって、男でも炊事場を任されて、煮物を作っているぞ」と言いながら、鍋に入った少し湯気の出ている煮物を私の口の中へ入れてくれる。

おじいさんは料理が上手で働き者だ。伯父や伯母は手元が見えなくなるまで働き、帰ってから、おじいさんの作った食事を見て、少し足したりしていた。又、祖父の家の孫達は皆が優秀で勉強家で、高校や大学に進学していた。元々、母の家系は教育に携わる人が多く、皆が生活が安定しているようだった。可哀相に、母だけが貧乏くじを引いてしまい、苦労をしている。母の家系は家族が皆で協力し合い動いている。私の家とは「雲泥の差」だと思った。皆で食事をとり楽しかったのに、家の惨めさに心が泣けてくる風子なのだ。

母は兄弟姉妹が多かった。皆に随分助けられ、少しずつ明るさを取り戻しつつあった。あれ程心配し、手伝ってくれた祖父は私が中学三年生の時に病気で亡くなってしまった。私達は実家に恵まれ、優しいおじいさんがいたから、ここまで生きて来られたのだと思った。おじいさんの死は本当に悲しくて、いつまでも涙が止まってくれなかった。「おじいさんありがとう」風子はおじいさんが残してくれた言葉をしっかり胸の奥に、しまい込んだのだ。

八、母子家庭

父が家を出たのが、母が四十二歳の時だった。専業主婦だった母は、それから働き通しだ。母が最初に始めた仕事は、女学校時代に習ったという和裁だ。結婚式に着る留袖も縫ったりしていた。

子供が少し大きくなると、収入の多い病院の調理場で働くようになった。そこは産婦人科病院で妊産婦さんが多く、常に赤ちゃんの元気な泣き声がしていると言っていた。したがって調理場も忙しく、慣れるまで大変だったようだ。「夕食の支度が終わると病室まで配膳し、食べ終わると下膳し、その食器洗いをして、やっと家へ帰れるんだよ、だから、遅くなるけど我慢して」と言われた。仕事を始めた頃、足が冷えると言ってたけれど慣れたのか言わなくなった。

母はバスで通勤していて、妹と二人で待つ母のいない夜の時間は寂しかった。夕食は妹と二人で作って待った。母は疲れているのに夜なべ仕事の機織りは欠かさず続けていた。機織りをしながら、島倉千代子さんの『この世の花』をよく歌っていた。「あかく咲く花

青い花　この世に咲く花　数々あれど　涙にぬれて　つぼみのままに　散るは乙女の初恋の花」二番に入ると、「想う人には嫁がれず　想わぬ人の言うまま　気まま」ある日、母の歌は、ここで止まってしまった。目をパチパチさせて、涙をぬぐっていた母、私は母には想う人がいたのだろうか、ずっと一人で可哀相にと思った。母の透き通る声は再び動き始めた。

機織り機には裸電球が一つだけつけてあった。それ以外はつけてはいけない。私は機織り機の間の、こぼれる灯りで本を読んだ。『ああ無情』『小公女』『ヘレン・ケラー』『罪と罰』等の名作本に出会った。中でも『ああ無情』には感動した。いつまでも心に残る本で、勇気が湧いた。又、『ヘレン・ケラー』を読み、小さな悩みが消えた。三重苦の中、強い意志と努力で頑張った偉大さを、尊敬した。

中学三年生になると、進学組と就職組に分けられた。テストの結果は廊下へ貼り出され、誰が良い点数を取ったのか、悪かったのかが、直ぐに分かる。私はあまり点数を気にしないで小学校時代に言い渡された通り、勉強はしなかった。「勉強は家でするものではない、学校でやるだけで充分」と母や祖父に言われ続け、時には宿題さえも忘れて、男子と一緒に罰を受けた。両手に水の入ったバケツを持ち廊下に立たされてしまう。恥ずかしいので、それ以降は宿題はやるようにした。

学校へ行く楽しみが一つだけあった。就職組だから、これといった課題もない。だから、喜び勇んで図書室に入る。まだ自分の読んでいない本が、ずらりと並んでいた。仲の良かった友達の多くは進学組に入り寂しかったのだ。進学は閉ざされ、家事手伝い、子守、読書だって、そうそう出来る訳ではない。

現実は苦しい事ばかりで、ちっとも幸せではないと思った。中学三年生の私は時に母に反抗した。私には姉、兄、妹がいるが、没落した貧しい家で、それぞれが母を支えながら、懸命に生きていたのだと思った。子供達以上に苦労していたのは母であり、寝る時間は益々短くなってしまったのだ。

九、就職

昭和三十四年三月、中学校を卒業し、県内の医院に住み込みで就職をした。私と一緒に、この医院に就職をしたのは、茨城県から来た、同年齢の気の合いそうな子だった。

最初に院内のオリエンテーションを受け、「早く慣れてね」と言われ、包帯を洗ったり、診察室の掃除をしていた。

医院に来て一週間後は奥の家のオリエンテーションだった。先生の家族は六人で先生の両親を大旦那さん、大奥さんと呼ぶように言われ、応接間に入ると、品の良い奥さんが顔を出し「あら、新人さん。ほら、テレビを観てごらんなさい」と声を掛けてくれた。それは忘れもしない、「皇太子殿下と美智子妃殿下のご成婚パレード」だった。テレビなど見た事のない私はテレビに驚き、そのご成婚パレードの美しい姿に酔いしれてしまった。食い入るように画面をみつめ、その場を動く事など忘れてしまったのだ。「あれ、何をしに来たんだっけ」と優しく私達を見つめる先輩ナース。二人の新人見習いは、ついこの間までは中学三年生だった。二人にとってあの日、あの時のテレビは生涯忘れる事はないだろう。

又ここへ来て驚いた事があった。それは、すべてのトイレが水洗トイレだった事、掃除当番になっても少しも苦にならなかった。

医院では朝から晩までよく働いた。少し辛かった事と言えば冬の早朝だ。手が冷たく凍えそうでも、外へ出て練炭の火起こしをしなければならない。火をつけた練炭を待合室のこたつの中に置くのだが、少し布団を持ち上げて、患者さんが一酸化炭素中毒にならないように、更に待合室の窓も少し開けておくのだ。掃除は茨城から来た住ちゃんと一緒だ。私の事を「ぷうちゃん」と呼んで面白かった。

見習いだから雑用も多かったけれど、時々先生のいる診察室へ入る事を許され、患者さんの診察時の介助が出来た。一つ一つの小さな仕事が新鮮で嬉しかった。午前中の仕事が終わると、急いで昼食をとり、午後一時に始まる准看護婦学校へ行った。午後五時頃迄の授業を受け二年間通学し、検定試験を受け合格すれば、准看護婦の資格が与えられた。一番の仲良しだった住ちゃんは二年生の夏休み中に家へ帰ったきり戻って来なかった。住ちゃんが居なくなり、とてもがっかりし、寂しくなってしまったけれど周りの皆が、優しく親切にしてくれた。

私はここへ来て家にいた頃の惨めな気持ちが消え、もう誰も家の事など知らないのだ、と安心した。私の出発点は、ここからなのだと心が膨らみ、夢を描いた。私と同じように就職をした同級生は集団就職で東京へ行く子もいたようだ。集団就職をする人材は数年前から金の卵としてもてはやされ、その現象は続いていた。私と仲良しだった優子ちゃんは家庭的に恵まれず、境遇が似ていたせいか親しかった。時々思い出したけれど、その後の事は分からない。

日本経済が上向き出した頃、我が家も少しだけ余裕が出てきたように思った。医院に四年六カ月、住み込みでお世話になり総合病院に就職した。給料は大分良くなって貯金も出来るようになった。大変だったのは仕事内容だ。手術室勤務に始まり、病棟勤務だ。夜勤もした。スケジュール表を見ながら、日勤、準夜勤、深夜勤の仕事をこなした。総合病院へ就職し、一年後の昭和三十九年十月、東京オリンピックが開催された。

十、母の死

生活が少し楽になった頃、母は入院した。体調が悪いと電話では聞いていたが、たいした事ではないだろうとあまり気にも留めていなかった。入院を知らせる姉の電話で深刻な病気と思い、早速母の所へ行った。母は顔色が悪かった。体重も一年で十キロも少なくなったと苦笑いをした。母は「ここまで来るのには大変だったんよ、癌ではないかと病院二カ所に行き診てもらったけど、はっきりしなかった。先生に癌ではないでしょうか、と遠慮がちに言ったら、直ちに、あなたは癌ノイローゼですよって」と少し悲しそうに言っていた。私が「どうして、ここへ入院したの」と聞くと、「ここの先生が『貧血も強く、体重減少も気になりますから、直ぐに入院して下さい』と言い、入院に至った」と、その経緯を教えてくれた。

諸検査は医師の指示で直ちに行われ、私が見舞った時も母の病室にはナースが入れ替わり来て、検査採血や病状の把握など忙しそうだった。そして病名が判明した。病名は残念ながら、膵臓癌と診断されてしまった。早い方が良いと言われ、開腹手術に至ったが、胃に転移している状況で、癌の病巣を取り去る事は出来なかった。放射線治療と抗癌剤治療を始めたが、体力低下の激しい母を考慮して、早い段階で二つの治療は中止となったのだ。私達四人の子が集まって、この病気の事を、本人にどのように説明すべきか、話し合った。当時は癌は助からない病で、直ぐに死に結びつけた。膵臓癌なら余計に、そう思われていた。そんな訳で四人とも、隠す事に賛成し、どのような病名が良いか考えた。結果、病名は胃潰瘍と決まり担当医師にも、この話を告げた。母に病名を告げると「そう、良かった」と言い嬉しそうだった。

手術当日の夜から身軽な私が付き添う事にした。転移の話を知らされ、病院の中庭で沢山の涙を流した。母に泣き顔を見せられない。手術後の説明は「持って三カ月」と期限を言われた。母はいつまでも元気でいてくれると思っていた。だから私は全く信じられずにいた。

病院の中庭には、沢山のあじさいの花が咲いていた。六月中旬、告知後の泣きたい心を押し殺し、明るい顔で母のいる病室へ向かった。胃潰瘍と告げられていた母は、手術の傷口が治ると、少し明るくなった。まだ末期癌ではないから痛みはなく退院して家へ早く帰るんだ、と希望を持っていた。十月にチューリップの球根を植えると春には花が咲くと言い、「あと一カ月もすれば退院になるでしょう」と私に聞く、「うーん、そうなるといいね」と返す。手術後の説明で担当医師は「持って三カ月」と言った。九月中旬で三カ月になる。そんな筈はないと、私は打ち消した。我が家が一番苦しかった私の小学校時代、庭にチューリップの花が咲いていた。寂れた家に咲くこの花は、どこの花よりも色鮮やかに見えた。

だが退院したい母の気持ちとは裏腹に、体は衰弱し、最早、奇跡なんて、呑気な事は言っていられない状況になり、退院は遠のいてしまった。私は勤務する病院に、休職願いを出し、母の看護に専念する事にした。具合が悪くなっても尚、母は生きる希望を持ち、退院しようとしている。母を看ながら、本当に三カ月が来たら命は一体どうなるの、毎日が不安だった。

私は落ち着いていられず呉服屋さんへ走った。涼しげな、母の好むような柄の、絽の着物と帯を買った。私は苦労した母に、後で親孝行をしようと思っていた。けれど母は命の期限を告げられてしまったのだ。ベッドの上と下で毎夜一緒だ。毎日が痛み止めをする状況で、強い痛み止めを打たなければ効果がなくなってきた。考えれば考える程、泣けてきた。無理をして働いてくれた母、おしゃれなどする余裕のなかった母は、痛みが緩和すると、備え付けのタンスから着物を出してとせがみ、よろける足で着物を着て喜んだ。時に、まだ退院の話をする母、これを着て、退院するんだと言う母が可哀想で、たまらなかった。

母の兄、姉、弟、妹達が代わる代わるお見舞いに来て、母を励ましてくれ、こんなに病んでいるのに、時々「今が幸せ」と思えるような顔を見せてくれる。末期癌の顕著な症状の出ているある日、四人の子の名前を一人ひとりあげ「みんないい子、いい子に育った、いい子に育った、いい子」と繰り返すのだ。私は「もう病気の事を知っている」と心の中で確信した。辛くて辛くて涙が出そうになる。母に泣き顔が見せられず、母に背中を向けたまま、窓の外に目をやれば、コスモスの花が風にゆられて咲いていた。

母はその後、高熱を出し、医師から私達に危篤を告げられてしまった。だが翌日には目を覚まし、はっきりと言った。「峠を越えたから、もう大丈夫」痩せた顔はひきつれていたが、笑みを浮かべる母、集まっていた子供達が「良かったね」と言うと危篤状態の母に起こった事を話してくれた。両親が母の名を呼ぶ。「マキ、マキ、と川の向こう岸で手を振って、おいでと呼ぶんだよ、川の向こうには、とってもきれいな花がね、いっぱい咲いてたよ」と言う。疲れるとハーと息を吐き続ける。しばらく待つと「だけど私は、みなのいる現世に戻ってきた。まだ五十二歳だからね」と驚く程に話してくれた母も、その二日後、急変し息を引き取り、帰らぬ人となってしまった。父が家を出て十年、父は一体、どこで何をしているのだろう。

十一、正看護婦への道

母の死後、正看護婦になるために高等看護学院の入学試験を受けた。殆ど勉強が手つかずだったので合格通知が来た時は嬉しかった。ここは全日制の看護学院だから、病院はその間は退職になってしまう。たかが二十代前半の私の貯えたお金には、限度があり、直ぐに底をつきそうになった。准看護婦の資格があるので、同じ敷地内にある総合病院で、土日の日勤や準夜勤のアルバイトをする事にした。但し、深夜勤のアルバイトは土曜日のみとなった。もし、日曜日の深夜勤をすると、午前零時三十分から午前八時三十分迄の勤務となるので、講義に出られない。

進学コースの高等看護学院は、高等学校を卒業し、且つ准看護婦の免許を持つ者、又は准看護婦の免許を持ち、実務経験を三年以上有する者と定められていた。入学した生徒の半数以上が高校を卒業し、准看護婦の免許を持つ者が多く、日本全国から集まった優秀な看護学生だった。皆の学ぶ姿勢に驚き、勉強とは、このようにするものだという事を目の当たりにし、私は刺激された。遅ればせながら、その気になって、テストの前には夜中の二時、三時まで勉強をした。母を亡くし、寂しい、悲しいなどと嘆く暇など殆どなかった。無心に、病院のアルバイトを続けながら頑張る事が出来た。それでも、深夜勤のアルバイトの時など、ベランダから見える夜明けの景色が、あまりにも美しすぎて、父も居ず母を亡くした私を慰めてくれるのだった。母が朝日と共に空に昇り私を見てくれている、頑張ろう、とついセンチメンタルな気持ちになり涙をこぼしてしまう事もあった。

真面目に学んでいるうちに、子供の頃から、もっと学んでおけば良かったのにと後悔をした。私はこの学舎で多くの事を学び経験出来た事が自信になり喜びとなったのだ。

その後クラス全員が看護婦国家試験に合格した。私は学院と同じ敷地に建つ、総合病院に再就職した。

就職して間もなく、看護研究発表会があった。私は「入院患者は何を望んでいるか」というテーマで、その研究結果を発表する事が出来た。一人ひとりの患者さんのニーズに添えるようにチームで看護する、チーム・ナーシングという形態で行われた。その中で一生懸命頑張り、看護という仕事は自分の天職だとさえ思えたのだ。私の心はきらきら輝いていたのかもしれない。

その頃、日本の経済は順調に良くなっていたようで、預金をすると利息が七パーセントと、今では考えられない程の事もあった。その後、一億総中流社会と言われた豊かな時代があった。外出すると街中が、とても華やいで見えた。私は仕事を頑張って母のいない寂しさを忘れていた。

十二、看護婦物語

今日は、深夜勤の二日目。深夜の病棟巡視は午前二時と午前四時、懐中電灯を持ち、就寝中の患者さん一人ひとりを静かに見回る。

又、重症の患者さんには、症状把握につとめ、異状や急変の早期発見、苦痛の緩和につとめなければならない。

午前六時、検温の時間だ。この時間からが、一日の始まりにも思える。しーんと静まり返っていた廊下に、大勢の人が動き回る。

私は五〇五号の病室へ入る。昨日入院した野中さんが半分カーテンを閉じて、眠たげな顔をして横になっていた。「おはようございます」と声を掛けると、野中さんは起座位になりながら、私の顔をまじまじと見ている。私も何気に見つめる。「あっ野中先生」体温計を落としてしまうくらい驚いてしまった。

午前零時三十分、準夜勤のナースから、昨日入院の三名と準夜中の救急入院の一名の申し送りは受けていたが、その中に中学校で三年間お世話になった野中先生がいらしたなんて全く気付かなかったのだ。先生は担任外の先生で、とても面白い、気さくな先生だった。今、目の前にいる先生は、大分痩せて見える。

「先生、山川です、山川風子です。お体の具合は如何ですか」と声を掛けると、以前の笑顔が返ってきた。

「ほう、山川だね。大きくなって、立派な看護婦さんになった」と嬉しそうに言った。先生は慢性的疾患を患っていて、主治医からは諸検査、薬物療法、食事療法などの指示が出ていた。私が隣の病室へ行こうとすると、「母ちゃんは元気かい」と先生の声が私を追いかけてきた。出口から顔だけを先生に向けて「母は、もう亡くなったのですよ」と先生に言うと、先生の声は驚いていた。「なんだよー、可哀相に、あんなに苦労していたのに、まだ若いのに」私は、「五十二歳でした。先生、又あとで来ます」と言い、忙しく、その場を立ち去ったのだ。

中学校の職員室では、苦労している親として、母は先生方に同情され、記憶にあるのだろうと思った。あの頃、中学校の職員室には母の従姉妹である音楽の岸先生もいた筈、野中先生は音楽の先生から、家の話を聞いて知っていたのかな、などと考えながら、朝九時過ぎ、深夜勤時の申し送りを終え、眠い目をこすりながら、家路を急ぐのだった。

総合病院の内科病棟には、様々な病を抱えて入院される人ばかりだ。高校生のA君は、大学進学をめざし勉強に励んでいたところ、数カ月前に体調を崩し入院したが、血液の病気が判明し、夢なかばで死亡してしまった。Bさんは喘息で呼吸困難を併発し、指示の注射準備中に、呼吸停止してしまった。準夜勤中の事で看護婦が心臓マッサージを行い、かけつけた医師と交代し命を取り止めた事があった。患者さんは高齢で肋骨骨折をしてしまったが後に、元気に退院する事が出来た。又、救急車で来院した五十代の女性は心臓病で、直ちに五階病棟に入院したが、医師の処置も虚しく帰らぬ人となってしまった。連絡を受けた患者さんの家族は、まだ若い。母の急死に動揺し泣き崩れていた。私は五年前の自分の母の死と重なって辛かった。

病棟では日常的に、このような事が繰り返される。当時の内科病棟は長期入院の患者さんが多く、病室は満床に近い状態で、常に忙しかった。そこへ、緊急入院の患者さんが入院となると、そこは、もう戦場と化した。一分一秒を争う患者さんを診る医師。どの患者も分け隔てなく、命と向き合う姿を、一般の人はあまり知らないだろう。甲斐あって命の回復が見られると、その場は柔らぎ、安堵するのだった。

多忙な日常のある日、看護婦詰所は、いつもと違って、人が多く賑わっていた。朝の申し送り後、婦長に呼ばれる。「山川さん、学生さんの指導をしてね」と言われた。隣接する看護学院の二年生の実習日であった。

私は学生に、どのような事を実習したいのか、その計画を聞き始めていた。そこへ入院案内所から、一人の患者さんが、外来ナースに付き添われ車椅子で入院されたとの連絡があった。私の担当する病室であり、急遽、入院時の患者さんへの、アナムネーゼ聴取などは学生自身で行う事に決まった。六名の実習生のうち、二人は他のナースに頼み、いざ病室へ行くと、そこには忘れもしない紙芝居のおじさんがいたのだ。仕事中に私的な話も出来ず、ましてや、今日のように実習生と行動を共にしていれば、尚更の事である。おじさんと私はお互いに気付いたのだが、「看護婦さんになったのですね」「はい」程度の会話に留まった。今日の入院に関する事柄は、学生が主役なのだ。私は一歩、後ろへ下がり見ていた。

数分前に「看護学生の実習日なので協力をお願いします」と患者さんには話した所だ。その時は、まだ紙芝居のおじさんとは分からなかったが、「あっ、あの顔」、突然、記憶がよみがえった。あの頃より全体がふっくらしている。親戚のおじさんより親しみを感じていた紙芝居のおじさんに会え嬉しかったのだ。

さておき、学生の患者さんへのアナムネーゼ聴取が始まった。病気の主訴、現病歴、既往歴、家族構成、生活状況など、記録用紙順に聴き、メモを取っていた。後で清書するつもりなのかもしれない、学生さんだからそれで良いのだが、限られた人数で仕事をするナースの場合は、聴取しながら書かなければ間に合わない。このアナムネーゼ聴取は次に引き継ぐナースにとって、患者さんを知る大切な手掛かりになる。細かく言えば趣味、好きな食べ物、嫌いな食べ物、喫煙の有無、飲酒の有無、排尿便の回数にまで至るのだ。看護学生達はあまり患者に負担をかけず、比較的短時間で聴取できていると思った。仕上がった記録もよく出来ていて、流石に正看をめざすだけあると思った。

又、ここで紙芝居のおじさんの話になってしまうのだが、おじさんこと石田さんは、慢性的な腎臓疾患を患い両足背部には浮腫があった。主治医の指示で蓄尿をする事になった。トイレの隣の蓄尿室には十人余りの人の瓶が並んでいた。未使用の蓄尿瓶に石田さんの名前を書き、並べた。これから毎日、尿量測定をする訳だが、他にも、いろいろオーダーがあった。

患者さんになってしまった石田さんには随分長い間、お世話になった。あのお寺の境内では、私が最も長い間、紙芝居を見ていた子供だったのではないかと思うのだ。おじさんは声が大きくて、抑揚のある声を出し、物語に子供達を誘う力があった。強調したい所で太鼓を叩く。すると、もっと中へ入ってしまう。見始めたのは、確か、小学校の低学年、その頃は水飴を買い、そこへ集まった子と、誰が一番上手に水飴をこすって白くなったかを競った。一番白くできた子は、もう一つ水飴がもらえるのだ。判定は紙芝居のおじさんだ。最初は面白かったけど、大きくなると小さい子と競っても仕方ないから、水飴は買わなくなった。私の背には赤ちゃんがいた。ある日、おじさんは「そこのお姉ちゃん、水飴を買わないで見てはいけないね」と言った。私は透かさず「私は三人の子を、ここへ連れてきたん。この子も、あの子も、みんな私の親戚の子だよ」と言ったら、おじさんは以後は文句を言わなくなった。私の言った事は本当の事だから、今度、又文句を言われたら、来ないと心の中で思っていた。私は中学生になっても、子守をしながら紙芝居を見ていた。私が本を好きになったきっかけは、紙芝居のせいかもしれないなどと思った。

おじさんは同室の患者さん達に「あの看護婦さんは、俺が紙芝居やってる時、いつも見にきていたんだ」と私が別の患者さんの身の回りの世話をしていると、楽しそうに、得意そうに話していた。主治医の指示に従い、療養に専念したおじさんは二カ月後退院した。

十三、高校生

今更、なぜと言われそうな年齢に、今なら間に合うと思い、私は高校生になった。働きながらの苦学生である。ＮＨＫテレビの高校講座を受講し、期限内にリポートを提出する。リポート用紙は赤ペンで、丸や訂正がされて戻って来る。私は外科病棟に勤務するナースで通信高校生でもある。各県にある協力校で、月二回、スクーリングを受け、テストも協力校で受けられる。

県内から集まった生徒は年齢も職業も、まちまちだ。私達のクラスには入学時に三十五名程の人がいた。女性が多く、職業は看護婦、会社員、主婦、男性は会社員、公務員、運転手などで、多くの人が年齢を越え、学ぼうとしている事に驚いた。私も随分迷った挙句の選択だったが、入学して良かったと素直に喜んだ。月に二回会うクラスメートは、ずっと前からの友達のように急速に親しくなる事が出来た。

ここへ来る高校生の真剣さ、目の輝きは、普通の高校生とは、ちょっと違う。昼休み時間となれば教室は大賑わいだ。勉強の方法やリポート提出の話「この間の数学のリポート、計算はこうだった」と言いメモに書き問いかける。国語の作文の事など話はつきない。同じ目標に向かって学ぶ人達は年齢に関係なく、生き生きしている。

十代から六十代、殆どの人が、働きながら学んでいる。私も働いているから、いつも、せかせかと時間に追われていた。テレビの高校講座は絶対に見逃してはならない。余裕がなくて、テスト前は病院の職員駐車場迄、走った。サンドイッチを食べながら、昼休み時間に秘かに勉強をした。隠す事ではないけれど、女の職場は何かと煩い。同僚に見つかったら、それこそ説明する時間が惜しい、一問でも余計に覚えたい、ひたすら、貪欲に、目標に向かって頑張った。ここで学べた事は、私にとって幸せな時だった。皆、四年間で卒業する訳だが、三十五人だった生徒は、卒業時には十人程に減ってしまった。子供の頃に言われた「いつだって勉強できる。大人になってからだって出来る」という祖父の言葉は、私の心の中に滲みこんで消えなかったから、頑張る事が出来たような気がしていた。四年間、本当に大変だったが自信と喜びを得る事が出来た。

十四、父、帰る

早朝から家の周りをぐるぐると何回も歩いている不審人物は一体誰だろう。その朝、私はベランダで洗濯物を干していた。玄関のブザーが鳴る。けげんに思いながら玄関を開けた。そこには白髪の老人が立っていた。その顔には、見覚えがある。その顔は決まり悪そうな、懐かしそうな、嬉しそうな顔をして、「風子、しばらくだね」と言った。

顔には、皺があり、ずっと微笑んでいる。私は言葉が見つからず、ただ呆然と立ったまま、父だと分かっても簡単に呼んであげない。呼べるもんですか、と思った。歳月が私を大人にしたのかもしれない。母子を捨て、悲しませ、不幸のどん底につき落とした張本人が、今、自分の目の前にいる。

私の子供時代は惨めな生活だった。「あなたのせいで、私達はどれ程傷つき、悩み、泣いたのか、知っていますか」と聞き、責めたい程の怒りが込み上げてきた。あの夜、十歳の子が、あなたを泣きながら、追いかけた。もう、その子は、いないのだ。

「どうぞ上がって下さい」と招き入れる事が出来なかった。父を招き入れる事は、亡き母に申し訳ないような、母を裏切るような気持ち、私の心は複雑だった。それでも、元気で生きていた事に少なからず、安堵する私だった。父はそれから、一度も私の住む家を訪れる事はなかった。「風子は許してくれないんだね」と、小声で呟きながら、立ち去った。

その後、父は兄を頼り、一緒に暮らしていた。「兄さんは偉いな、あんなに苦労させられて、私より、ずっと人間として、大きな心があるんだ」と思った。

私が兄の所へ行くと、私の家から去った時と同じ事を繰り返す。「風子だけは、許してくれないんだね」私は一回だって、「あの時は苦労かけたね。悲しませてしまって」などと謝ってもらった事はない。

父はすっかり温厚な優しいおじいちゃんになっていた。波乱の人生を生きてきたであろう父は、兄夫婦のお陰で老後の人生は幸せだったに違いない。

ある日、兄と父の話になった時「ずっと行方が分からなかったら、それはそれで困る。病んで会いに来て、放って置いて野たれ死にされても困る」「昔の事は俺だって、風子以上にあると思うよ、知らなかったと思うけど、親父を殺したいと思った、憎くてたまらなかった」と、いつもの兄の優しい顔が消え、私は驚いた。兄は、何もかも承知して、父を受け止めていたのだなと、私は胸が熱くなり、兄に感謝した。

狭心症を患っていた父は、最後は心筋梗塞で死亡した。思ったより長生きしたのは、あまり細かい事にこだわらない性格だったからだろうと思った。今、母と一緒のお墓にいるが、「マキ、苦労かけて申し訳なかった」と謝って、母を幸せにしてあげて欲しいなと思ってしまうのだ。

十五、母と子

ゴールデンウィーク、私は約束通り、二人で、何処かへ行こうと、子供を軽自動車に乗せて走り出したのだが、当てもなく知らない道を走り続けていた。車のハンドルを握りながら、昨日の悲しみを思い出す。心にも思っていない中傷に深く傷つき、又涙が出る。優しい誰かに声を掛けられたら、大声で泣いてしまいそうだ。自分は他の人より強い心を持っていると思っていたが、実際は違った。こんなにも悲しい時の運転はいけない、と思ったが、約束は破れない。夫が急死し、やっと落ち着き始めてきた頃から、妙に世の中の風が、私には冷たく感じられた。それは未亡人という所以だろうか、今迄味わった事がなかった寂しさ、落胆が風子を襲うのだ。

あの時五歳だった娘は、もう直ぐ七歳になる。その前に、小学校の入学だ。本当は喜ぶべき時なのに、私の心は単純に喜べないでいた。それは小学校の下校後を預かってくれる所がないからだ。今と違って、その頃は学童保育所は何処にもなかったのだ。小学校に入学したばかりの子供を鍵っ子として、自宅に長時間一人居させる事は避けたいと思っていた。近所の方に下校後を見守っていただいたり、一人で家に居たりの生活だった。

ある日の土曜日、半休日だが残業で帰りが遅くなってしまった。車のライトを照らすと暗い外で動く子供の姿に驚いた。そういえば昨日の夜「明日は半日だけの仕事なんでしょう」と聞かれた。「うん、そうだね」と答えたけれど、近所の家に行っているとばかり思っていた娘は、昼食も食べず、残業で遅くなった母を待っていた。私は車から降りて娘を抱きしめた。番犬として飼い始めた犬のチロが激しく吠え、娘の泣き声を消していた。まだ入学したばかり、学校にも近所の人にも慣れていない。こんな時に私の母が生きていたら、心はない物ねだりをしている。母が生きていたら、困った時、悲しい時、心が打ちひしがれそうな時、母は私を抱きしめて「もう大丈夫だよ」と手を差しのべてくれただろうに、亡き母を何回ねだろうが、まぼろしで、私の心に見えたり、消えたりで悲しみを鮮明にする、「母に会いたい」その日は無性に会いたかった。

小学校で二十日間頑張った娘は寝息をたてて助手席で寝ている。ずっと先に丁字路があり、ガードレールが見えた。「あのガードレールに車をぶつけたら死ねるかな」一瞬、そう思った。アクセルを強く踏む、ブォーンと大きな音がした。静かな田舎道に後続車はない。再びアクセルを踏もうと思ったら「こわいよー」と娘が大きな声で叫んだ。私の足はブレーキを踏んでいた。ギギーン、という爆音がした。「お母さんたら、スピードの出し過ぎ、出し過ぎだよ」と口を尖らせ怒った顔をして見せる。「ごめん、車が少ないからスピードを出し過ぎちゃった」と言い訳する母、「怪我したら痛いんだよ」と子供、「そうだね、ボーッとしててはいけないね」泣き顔を悟られないよう必死だ。

子供の言う通り、この場合怪我をするかもしれない。それに折角気持ちを明るくするために買った新車が、大破するだろう。丁字路のガードレールにぶつけても、この場合は死ぬ事は難しいだろう。冷静になった私は、一瞬でも死にたい、と行動を起こし始めた事に驚いた。悪い母だと思った。私は正に、子供に助けられたのだった。車外に出ると鯉のぼりが元気に泳いでいる。五月の風は穏やかで優しい。「元気出せ」と風に言われているような気もした。大きく深呼吸をする。ガードレールも車も無事だった。私は、今日の出来事を大いに反省し、胸の奥底にしまい込んだ。

再び運転をし子供の大好きな、大きな公園に行った。そこでは、戦隊物のショーが行われていて、近づくと、娘はヒーロー戦隊に抱っこされ、恥ずかしそうに私に手を振っていた。コーヒーカップやメリーゴーランドは一緒に乗り、電車には子供だけ乗った。「お母さん、いってきます」私はカメラを構える。娘は嬉しそうに笑ってくれる。少し前の出来事など、すっかり忘れてくれている。「私には、こんなに可愛い子がいるじゃあないか、一人じゃあないよ、二人家族だっていいじゃあない」と自分自身に言い聞かせていた。たとえ道が険しくても、生きてさえいれば良い事だってある。人の陰口なんて、気にしない、気にしないと思った。

十六、同窓会に参加して

真面目に一生懸命頑張っても、人生は決して自分の思うようにならない。欲ばらず、あせらず、人の事など気にせず、泣きたい時には泣けばよい。日々をなんとか暮らせたら、幸せなのだと自身に言い聞かせ、やっとその境地に辿り着きつつあった。そんなある日、高校の同窓会開催のハガキが届いた。私は七歳になったばかりの娘の直子を連れて参加する事にした。ここは子連れ参加も許される所だ。当日の天気の晴れは予報通りだったが、気温は大分高く感じた。長袖のワンピースを用意していたが、急遽半袖に変えたぐらいだ。

まだ時間に余裕があると思っていたのに、会場に着くと駐車場は満車状態だ。私はとても困っていた。すると、目の前に突然現れて助けてくれた人がいた。お陰で別の駐車場に移動する事が出来た。この人は高校で共に学んだ仲間で、特に親しい間柄ではなかったが、丁寧な挨拶をしてくれた。「御主人が亡くなられたそうで、お悔み申し上げます。大変でしたね」と、「あっありがとう御座居ます」慌てて頭を下げる私、以前はよくこの挨拶をされたが、最近では殆ど言われなくなった。彼は私の傍で恥ずかしそうにしている娘に「こんにちは」と声を掛け会場までの横断歩道を手を引き、渡ってくれた。空色のシャツ、紺色のズボン、私は今でも、あの時の光景が忘れられない。あの時、とても心が温かくなり、もう自分には再び訪れる事などないであろう、その光景を眩しく感じたのだ。

同窓会の宴席は楽しく、時が経つのを忘れる程だった。なつかしい友達は今でも一緒に学んでいる仲間だとさえ錯覚しそうだ。ここを卒業した人達は皆が真面目で誠実な人ばかりだ。直子と横断歩道を渡ってくれた彼は「さようなら、またね」と娘に手を振り、私には「後で電話するよ」と言った。それからよく電話をかけてくれるようになった。私の愚痴を聞いてくれ、相談にも乗ってくれる。高校で知り合った彼の事はよく知っている。独身で結婚歴なし、三十三歳、会社員、性格は真面目で穏やか、電話で大分親しくなったある日の夕方、「小学一年生の理科で、でんでん虫が必要なのに見つからないの」と話した。すると翌朝、早々に電話がかかってきた。公衆電話からだ、当時携帯電話などない時代だ。車で一時間以上走り、私達母子の住んでいる所にカタツムリをとって持って来てくれたのだ。「でんでん虫、持って来たけど家が分からない。場所を教えて、届けるよ」と仕事に行く前に忙しく来てくれた彼、直子は大喜びして学校へ持って行った。

それから間もない日、三人で遊びに行った。そこで彼は、「一緒になろう、三人で一緒に暮らそう」と真顔で私に言い、驚いた。誰に相談しても反対されるに決まっている、この結婚話は無理だと分かっているので「反対されますよ」と言った私。結婚の悪条件ばかり揃っている。年上、子連れ、再婚だ、親なら当然反対する筈だ。私は仕事より家庭が欲しいと思っていたが、諦めた方が良いと納得していた。けれど彼は、親に会って欲しいと言う。私は半信半疑のまま会いに行った。叶う事ならと小さな期待もあった。会いに行って親族の誰かに、反対の素振りがあったら、私は潔く身を引こうと決めていた。私のような女に、子供も一緒に暮らし、人生を共に過ごそうなどと、他に誰が言ってくれるだろう。たとえ、この事が成立せずとも、決して恨む事など出来ない。再び同窓会が開かれたら、笑って会えるようにせねばと思った。そして、いよいよ彼の実家に行き親と会う日となった。少し緊張している私に「大丈夫だよ、全部話してあるから、心配しなくていいよ」と彼は言った。

玄関に入ると笑顔で「どうぞ、上がって下さい」と出迎えてくれた優しそうな彼の母、私の現状生活の話などには、その都度頷き「大変な事ですね」と言う。彼の母親は「実は私も子供達が仕上がってないのに、夫が喘息で急死しましてね、三人の子を抱え苦労しました」と言い、兼業農家で当時の慌てふためいた話には、自分と共通する苦しみがあったのだと理解する事が出来た。母親は六十代半ば、今では趣味のゲートボールを楽しみ、時々老人会の旅行にも参加していると言う。又、母親はこんな事を言った。「子供が三人いるけれど、この子だけが婚期を失ってしまってね、なかなか合う人がいないようでね」私は「えー、まだまだ三十三歳は若い、婚期なんて失ってない」と心の中で呟く。私など五歳も年上で本当の年齢など、この場では、彼の母の前では言えないなと思った。

昼食を作ってくれ、「直子ちゃんと一緒にこっちへ来なさい」と言う。彼の母とは、ずっと前からの知り合いのように近づけた感じがして嬉しかった。彼の兄夫婦とも会えた。反対している素振りもなく、なごやかに会話も出来た。「早くこっちに来れば子供も慣れる。弟は家もあるから心配ないよ」とお兄さんが言っていた。数年前に実家から土地を分けてもらって家を建てたと聞いていた。

彼の実家から帰る道すがら、ハンドルを握りながら、たった今起きた事は、夢ではないかしら、一瞬の幸せで、すっと、彼方へ消えてしまいそうにも思えた。車窓から見える空の青さには、雲一つない。紛れる物がないから、青く美しいのだろうか、本当に、自分の過去を気にしなくて良いのだろうか、私が再び、新しい家庭を作って良いのだろうか、不安と期待が私の心の中で渦巻いていた。

十七、私の選んだ道

昭和五十年代半ば、日本経済の発展は著しく、バブル経済の中にあった。私は娘一人を育てる経済力はあったが、彼を信じ希望ある人生を送りたくて、住み慣れた土地、身辺に見切りをつけ、幾多の労苦を重ねて、娘と一緒に、この地に来た。昔は野うさぎが走っていたというが、今でも自然豊かな所である。少し歩くと利根川に出る。

一七八三年、江戸時代に浅間の大噴火があり火砕流の流下で、多くの死者が出て、利根川に死体が流れてきたという。これは天明の大噴火といわれ、それに伴う飢饉として、歴史上に残っている。ここから見える浅間山は、富士山にも以ている。静かに関東平野を見下ろし、何事もなかったかのような姿をみせている。今日も優しい風が吹いている。勇気出して、来て良かったね、まるで私に風が声をかけたように耳元でさやさやと柔らかい。

ここも以前より随分発展したらしく工業団地が出来、小学校が足りなくなり新しい小学校の設立となった。娘は、そこへ自然に、すべり込めたのだ。私と娘は、ここへ来るまでには言葉では言い表せない程の事があった。娘、直子の小さなメモ帳には、忘れないよ、と書いた元の友達の名前がたくさん書いてあり、寂しさもあったのだろうと思った。直子は結婚を反対せず、むしろ賛成してくれた。「お母さん、でんでん虫のおじさんと結婚するのでしょう」私が頷くと「行く行く、結婚しよう」と無邪気に笑う。母親が勤めに行かない事が一番嬉しいのだと思った。

又、この件で一番苦しかった事は、亡夫の実家への報告だった。けんか別れではない、死に別れの再婚が、こんなに苦しく辛いとは知らなかった。亡夫は確かに優しい人だった。でも、これからの長い人生を一緒に生きてはくれない。死は、一切の生を絶ち切る。優しさも声も、体も、笑いも、悲しみも、すべて私の目の前に現れてくれない。思い出と空想とまぼろしの中で人生を過ごす事は、再び私を過去の寂しさに戻すだろう。子供時代に味わった数々の孤独と暗さと、寂しさは、ずっと憶えている。「そんな人生は嫌だ」と心が叫んでいた。亡夫の親族や友達は、私を冷たい女だと思ったかもしれない。でも私には娘を育てるという重責がある。なにがなんでも、私はこの娘を立派に育てるんだという思いがあった。亡夫の墓参りに、娘が十八歳になるまで行く事にした。この話は現夫も理解し、気持ち良く了解してくれ嬉しかった。

十八、再婚

数日前に引っ越しをし、三人で暮らし始めたのだが台所には荷物が多く、どこに何があるのか分からず状態だった。夫が一人で生活し使っていた物と、私が引っ越しの際に持ってきた物、新しく買い入れた物が、ごちゃごちゃと入り交じり、包丁や鍋は取り出せたが使う寸前に探す始末だ。まだまだ新しい家庭に慣れていない。それでも私は花柄のエプロンを掛け、十歳も若返った気分で夕食の支度を始めていた。

時々頭をかすめるのは、結婚式の事、私の要望で地味婚を頼んだのに、今になって地味に挙げるくらいなら、いっその事、結婚式などしないほうが良かったのかななどと思い巡らす。そんな思いもあったが、いよいよ結婚式当日となった。身内とごく親しい友達だけを招いた小さな式を挙げる事が出来た。式場の中を久し振りに従姉妹達に会えはしゃぎ回る白いドレス姿の元気な娘が、愛しかった。私のドレスも白だから二人は、お揃いである。「家庭的で温かい雰囲気で、とても良かったですよ」と帰り際に声をかけてくれた友人達。その後、私と直子は夫の元へ入籍し晴れて家族となった。これから始まる生活が穏やかで安心して暮らせる予感がしていた。ちょっと普通と違う形でつくった家族だけれど、何かあれば夫は必ず守ってくれる筈、律儀で優しい人、私は迷わず、妻として、母として自分で選んだ道を歩もう、何があっても後戻りしないと覚悟したのだ。

娘は小学校に慣れ友達も出来、活発だった。平凡な幸せな静かな時が流れ、春には元気な男の子が無事に生まれた。三十九歳、高齢出産だが思ったより、ずっと安産。昔から産むより育てる方が大変だと人は言うが、その通りだと思った。春は意外と寒い、授乳の為に起きる夜中や明け方は辛かった。ストーブをつけたのだが、すぐには部屋の温度は上がらない。風邪など引いた事がなかった私が風邪を引き、こじらせたり、一日一日が瞬く間に過ぎ去った。やがて、息子の昇を乳母車に乗せて、直子と三人で、散歩するのが日課となった。コンビニエンスストアが近くに出来て便利になり、時々立ち寄った。小鳥の声を聴き、空の青さを感じ、雨上がりの虹、コスモスが風になびく様も、散歩でゆっくり見る事ができた。今迄こんなにものんびり生活した事などなかった私は、ありふれた日常の感慨にふけるのだった。

十九、出　店

昭和六十年、まだ日本はバブル経済の中にあった。この年の八月に日本航空機墜落事故があり、航空機事故としては日本最大と言われた。悲しい事故は群馬県の山中が現場で、歌手の坂本九ちゃんも乗っていて、帰らぬ人となってしまった。私達は出店の為、この航空機事故前後からよく車で動き回っていて、ラジオのニュースを聞き悲惨さに涙するのだった。準備万端、いよいよ船を漕ぎ出す所まで来ていた。三カ月の研修期間を終え、不安を抱きつつも、慣れない仕事にやる気満々だった。一人じゃあなくて二人だから良かったのだと思った。力を合わせれば二つの力は、時には三つの力にだってなる。

最初は朝九時から夜九時までの営業時間で、年中無休、盆と正月に臨時休業するだけで無我夢中で頑張った。二歳の子を保育園に預け、小学四年生になっていた直子にはよく手伝ってもらい助かった。アルバイトの人が来ると、私は自宅に戻れた。店舗付住宅だからドア一つで行き来できる。子育て中の私には好都合で安心だった。

それにしても、なぜ子供が小さいのに店を始めたのか、問われれば夫の体の心配だった。

高熱と腰痛と倦怠感で二カ月間入院をしてしまったのだ。当時の夫の職場は忙しく、帰りは非常に遅かった。私は夫に体を壊して欲しくなかった。生活費のすべてを夫に委ねる事も、ためらっていた。三年前まで一人で自分のペースで生活していただろう夫、俄に三人暮らしになり、その後に又一人子供が増えて四人家族になった。夫の生活は一変しただろう。「無理させてしまったかな」と思った。

私は元来働き者なのだろう、私の体は仕事がしたくて、うずうずしていた。夫と相談し、調べて起業に至ったのだ。自分達二人の、ありったけのお金を集め、足りない分は銀行で借りる事になった。景気が良いからお客様は沢山お金を使ってくれた。当時はこの地域では珍しかったのかもしれない。私達の始めた小さな書店は静かな街で栄えていた。夫は配達をし十二台の駐車スペースは午後になると常に満車だった。近くにはコンビニが一店だけで大型店もなく、売り上げは驚く程良かった十年と言えよう。

その後、街は様変わりし大型店やコンビニエンスストアの出店などが相次いだが、固定客が多く平均した売り上げを維持する事が出来た。船をこぎ続けて二十年、世の中の状勢、携帯電話の普及、景気の悪化、更に私達の年齢も加わり、船は難波しかかり、それでも帆をあげ波しぶきをかぶりながらも三十年間動いてくれた。出店時の借金は大分前に返済している。

この三十年間には様々な事があった。二〇一一年三月十一日、東日本大震災という大災害がおき、それに伴う福島第一原子力発電所事故による災害は多くの人の命と人生を狂わせてしまった。私はその時、店の中にいた。お客様に「怖いですね、外へ出ましょうか」と話しかけた。天井につり下げられた宣伝用の掲示板などが大きく揺れ、その時間は長く感じられ、怖かった。これは唯事ではないと思い、揺れの怖さに柱につかまっていた。三月十一日はまだ寒い。長い停電で暖を取る事も出来ず、湯たんぽをこたつに入れて温まった。震災で被害を受けた人達を思えば、少しの不自由は我慢せねばと思うのだった。

私と夫は、この店で三十年間仕事が続けられた事を幸せに思っている。私は七十一歳まで働く事が出来たのだ。七年前に仕事を辞め娘の直子の出産に備えたのだ。元気な男の子の誕生であった。母子共に異常なく、その五年後に女の子が生まれた。高齢出産だが異常なし、息子の昇の男の子二人は中学生になった。元気で背丈は私を追い越している。二歳の女の子が一人増え五人家族だ。総勢集まると、十一人になる。この先も、この子達の誰もが皆幸せでありますようにと祈らずにはいられない。

二十、乳癌になって

健康は私の取り柄と高を括っていたが、二〇〇七年の早春、入浴中に右乳首の下の小さなしこりを発見した。乳癌ではないだろうか、いきなり、心臓が高鳴り不安が私を襲った。夫は「大丈夫、お母さんは心配性だから」と否定してくれたが早く病院へ行くように促す。家業の店が心配だった。こちらが注文せずとも荷物は遠慮会釈もなく毎日入る。仕分けには時間がかかった。陳列分と配達分、最初から、返品に回さなければならない本もある。以前はベストセラー書など気持ちが良い程に売れてしまった事があったが、今は違う。それにアルバイトの人は今はいない。夫一人では到底無理、急遽夫の兄妹に応援を頼み、この危機を乗り越えるようにした。

病院に行くと、諸検査が行われた。マンモグラフィー、CT検査、エコー検査、MRI検査等、そして検査結果が出た。予測通りの乳癌だった。今まで本当に私は健康だった。今は昔と違って癌は助かるのだと思っても、死という恐怖が私を襲った。告知を受けても拠点病院には、患者が多過ぎて、直ぐに手術が出来る訳ではなく、順番待ちとなった。手術待ちの時間はとても長く感じられ、今直ぐにでも、取り去って欲しい衝動にかられるのだった。

待ちに待ったと言うべき手術の日が来た。手術は右乳房全摘、リンパ節切除、リンパ郭清術で、通院時に自分が望んだ温存手術は病巣の状態から出来なかった。手術前に主治医から再建手術という方法もあると聞いていたが、ここの病院では出来ないと言われていた。それでも私は、漠然と再び乳房ができる事に喜びを感じていた。手術が終わって数時間、右胸にそっと手をのばした。そこに私のふっくらした胸は最早なかった。受持ナースが来て「痛みますか」と顔を近づけながら声を掛け、右胸部を観察した。私は数分前に「ない」と確認したばかりで、痛みより喪失感で胸は張り裂けそうになっていた。

私は元看護婦だ。二〇〇一年に看護婦は看護師と名称が変更されたのだが、私は未だに看護婦と言ってしまう。昔、外科病棟の看護婦時代にも乳癌の患者さんが入院していた。胸は大きく深く切除され痛々しかった。だが、今は胸筋を残しての切除の筈、六十三歳にもなって乳房の喪失に泣いている。恥ずかしい。絶対に元看護婦だなんて言わない。私の涙と喪失ショック感を主治医と他の看護師に伝えただろう若いナースは、補正下着について分かりやすく説明してくれた。

翌日も家族は心配して来てくれた。「いつもと変わりないね、お母さん」と言われて、早くに涙を出し切っておいて良かったとも思えた。

私の希望も入った五日間の入院は最短だったようだ。退院の日、外へ出ると、そこには満開の桜が咲いていた。いつもの桜より、ずっと綺麗と思った。大袈裟と思われそうだが、死の淵から生き返った人が美しい桜の花に感動しているような気持ちになり、私は手術が終わった喜びで胸がいっぱいになった。それから毎年、桜の花が咲く毎にこの日の事を思い出し年数を数えるのだった。

その後、ずっと定期検診に通院したが、転移や再発もなく徐々に体に自信を持つ事ができた。通院中の初期には抗癌剤治療を勧められたが、娘の結婚や、それに伴う親同士の会食予定もあり、抗癌剤治療は受けたくないと、主治医に話した。その事で先生とは何回も面談し、最後に先生は「自分の体ですから、自分で決めて良いのですよ」と私の気持ちを理解して下さって嬉しかった。薬の副作用で私が弱ってしまう訳にはいかない。私が今倒れてしまう訳にはいかない。夫一人に店を任せておけば潰瘍性大腸炎の夫が倒れてしまう。先生は薬の効果を説明しつつも、体を動かす大切さ、食事は和食の方が良い事などを教えてくれた。

私は医師の指示の全てに従った訳ではなく、抗癌剤という化学療法を拒否した訳で、日々不安の中にいた。手術後一カ月、早起きをして、夫と二人で朝食前のウォーキングをした。雨の降る日以外歩き、食事は肉食を少なく魚中心の食事にした。一年後には体重は七キロも減ったし、医師は右胸だけでなく左胸も要観察と言ったが、その影は、最早消え去ったようで嬉しかった。

定期検診は必ず受けて、その後は乳腺専門クリニックへ紹介されたが、現在は何もしていない。ここまで無事にきて乳癌だった事を忘れている。乳房再建手術は受けなかったが、一回で済む訳でなく、確か三回程の手術で乳房が出来るので、仕事を持つ私には難しかった。年数が経つ毎に、その再建への夢は失せたのだ。温泉に行っても遠方であれば、知らない顔ばかりだから入れた。

私は手術後一カ月くらいから、病気の事を前向きに、前向きに考えられるようになった。手術の前後は不安でたまらなかった。神経質に癌の心配をし、悪い方へ考えてしまった事もあった。公園を歩き始めて間もない頃、きれいな花が咲き揃い、木々の中から鳥のさえずりが聞こえた。小さな一歳くらいの子が芝の上を、よちよち歩く、憶えたてであろう挨拶をぺこりとする。その後尻餅をついてしまったが、小さな子は泣かない。無邪気な顔で又、よちよち歩き出した。「なんて可愛いのだろう」ベンチに座っている人達が一様に、その様子に微笑む。公園にいる人達が皆、生き生きしているように思った。私も元気でいなくては、と思った。

　もし私が弱気になって病気が悪化してしまったら、折角、再婚に導いてくれた夫が悲しむだろう。結婚目前の娘の喜びも半減するかもしれない。息子は社会人になったばかりだ。私は病気を克服しなければいけない。私には子供の頃に培った力がある筈、どんな時にも、めげない、あの時の子供に負けないように、前向きに生きようと決めたのだ。私は病気になったお陰で、お金では買えない、大切な宝物を得たような気持ちにさえなったのだ。

二十一、兄のこと

腎臓癌を患っていた兄は専門病院を退院し、自宅で訪問診療を受けていた。発病して二年余り、肺への転移はあったが、室内を歩き、体調が良ければ外歩きも出来た。元々年齢より若く見えたお洒落な兄だが、抗癌剤治療をしてから体力、気力が失せてしまったと、美知姉さんは言った。もう三週間も前になるだろうか、会いに行き随分とやせ細ってしまったと案じていたのだ。

虫の知らせと言うのだろうか、死の前日に夫と一緒に兄を見舞った。痰が出て少し苦しそうだったけれど、私がそれを取ると、気持ち良さそうに私の顔をじっと見て、自分の両手を私の前に出して、何か言った。私は兄の両手をかわるがわるさすった。帰ろうとする私達に枕から頭を上げ、目で挨拶をしてくれた。兄は最後まで礼儀正しい人だった。

翌朝の急変の連絡には驚いた。かけつけたが残念ながら死亡してしまったが、コロナ禍で病院入院中なら、家族といえども会う事もできなかっただろうに、自宅で定期的に訪問診療を受ける事に変更した兄は、妻や娘、孫達にも会う事が出来た。介護の方々のお世話になり、家族にも面倒を見てもらい幸せだったのだと思う。

先日、兄の娘二人に会ったが、こんな話をしてくれた。「お父さんはね、自分の人生を本にしたかった」と言っていたという話には、私もちょっと驚いた。同じ境遇で生活していた訳だから、同じような苦しみを持っていただろう。私以上に波乱だったかもしれない。店を持つ為に随分努力もしただろう。二人の話を聞き、私の知る範囲と併せて兄の事を書かせて欲しいと頼んだ。二人は、「お願いします」と微笑んだ。


あの時、私が十歳だから英兄が十二歳、女の中の男一人、母が働き手として頼るにしては、気の毒な年齢と言えよう。兄は子供の頃、小川で網を使ってフナ、ザリガニ、どじょうを捕って家に持って来た。バケツにきれいな水を入れ私と妹に見せて楽しそうだった。フナの泳ぎは好きだったけどザリガニは嫌いだった。

兄が六年生になると兄の得意な川遊びが出来なくなった。川のまわりに生えている草、あぜ道の草、私の知らない場所にある草は兄の仕事場になってしまったのだ。しょい籠にいっぱい草をつめて家畜のいる家へ運ぶ、馬や牛は草食動物だから新鮮な草をよく食べる。私の家の事情をよく知る親切な親戚の計らいで家の収入を増やしてくれたのだ。兄は籠の数を先方に伝えられず、門から家畜小屋までの道のりを棒のような物でトントン叩いて知らせるようにしたと言っていた。おじさんおばさんが優しいから英兄は長く仕事ができたのだと思った。籠一杯の値段は知らないが、それが私達の生活費になったと思うと、今でも胸が痛くなる。

又、小学校の高学年から始めた兄のもう一つの仕事は朝の新聞配達で、これも中学校を卒業するまで続けていた。中学校の部活動は体操部で運動神経の良い、体のやわらかい小柄な兄はあん馬、マット運動、鉄棒などで見事な技を見せ、大勢の人の拍手を浴びていた。私は兄の体操競技を見て、すっかり兄を尊敬してしまった。それなのに、あんなに素晴らしい競技も見ないで、母は明日から部活動をやらないで仕事をするように、説得している。「嫌だ」いつもの声より大きく感じた。母は「やりたいなら三十分だけで帰って」兄は卓袱台をひっくり返して怒った。その日の夕食は下に落ちて、殆ど食べられなかった。「俺に何もするなって、三十分で何ができるか」と言って外へ飛び出た英兄、私は心の底から母に頼みたかった。部活動を続けさせて、という思いが強かったが、母の事情を考えると何も言えない。

兄は父の話になると不機嫌になった。「ぶっ殺してやる、クソ親父」などと恐ろしい言葉を使うので、私はそれだけで震えていた。後に聞いた事だが、死に切れなかった父を自分が殺しに行くと、家を出た事もあったようだ。兄は父の過ちが許せなかったのだと思う。

私は不安だった、兄は私と妹に優しくしてくれた。一緒に食べたアイスキャンディーは、いつも兄のおごりだった。兄は中学校を卒業すると高崎に住み込みで就職した。姉に続き兄までもが外に出てしまうと寂しくてたまらなかった。母の仕事が遅い時、風の激しい時には雨戸がガタガタ音をたてるので、人さらいにさらわれるのではないかと怖くて妹と二人で震えていた。

兄は調理師資格を取得し、フランス料理部部門で腕をふるっていた。後に、私は兄のいる店に友達数人を誘って行き、コース料理を食べてきた事もあった。兄は県内で開催された西洋料理部門の料理コンクールで二位に入賞し、地方新聞に載ったり、地元テレビに出たりで、妹の私は恥ずかしかった。それから何年くらいたったのだろうか、三十代の始め、兄はレストランの経営者になり、その店は栄えていた。日本の景気が良く人々の金回りの良かった時代と言えよう。

オープンから数年間は行列の出来るレストランで、私が行こうがいつも入る事が出来なかった。数年後に広い店になってから、私も入り、フランス料理を口にする事が出来たのだ。コースで頂くので次に何が出るのか楽しかった。素敵なお皿に品良く盛られたコース料理は七種類くらいはあったろうか、私など兄がいたから、この素敵な美味しい料理にありつけたのだと思う。その時間は楽しく、世間の憂さをも忘れさせてくれる、ほっと出来る空間だったのではないだろうか。特別な日の、特別な料理は、誕生日、結婚記念日、デート、忘年会だったかもしれない。

そんなおしゃれな店は他にもあったが、日本経済が減速すると一つ、二つとやめていった。兄は定年を過ぎていたが、尚仕事に励み、その後は社員食堂を任されたり、自宅で料理教室を開いたり、病気が発見される迄、明るく楽しく過ごしていたようだ。

最後になってしまったが、子供の頃、殺したい程憎かった父と一緒に生活してくれた事に感謝している。複雑な心であったろうに、それをふせ、断らなかった心に人間の大きさを感じてしまったのだ。

この事は美知姉さんの協力と理解がなければ出来なかった事で、併せて感謝をしている。兄はずっと一生懸命走り続けて来た。八十年間御苦労様。

桜の花見がしたかったのに、桜の花のつぼみのうちに亡くなってしまった。でも兄さんは私の心の中にいる。長いコック帽を被った格好良い姿で、笑顔のままで生きている。病気になり、いつも寄り添って看病して下さった美知姉さん、明るく励まして下さいました。本当に良い奥さんと一緒で良かったですね。社会に出てから、ずっと食に関わる仕事をして、多くの方々に慕われ、未だに、レストラン時代の従業員の方々と交流されていたなんて、兄夫婦はなんと幸せなんでしょう。又、病気療養中も自宅まで足を運んで下さったお馴染みの方々がいらっしゃった話を伺い、感謝の念に堪えません。ありがとうございました。

二十二、姉　妹

子供の頃、過ごす時間が一番多かったのが、妹の幸子だったろうか、残念ながら次々に起きた我が家の災難で、楽しく過ごした記憶すらない。その思いは妹も同じだろう。大きな澄んだ瞳で見つめていただろう、あの惨劇をどう思ったか、妹に聞いた事などない。自分の事で精一杯で、妹を思いやる事が出来なかった。

妹は現在、東北に住んでいる。お互いに歳を取り、なかなか会えないが、ずっと前、随分遠い日の事だけれど、私が家族と一緒に、宮城県仙台市に会いに行った事があった。お盆休み中だったが、風光明媚な松島へ一緒に行き、あの時に食べた、お魚の味は今でも忘れられない。あの時、妹の子の悟君にカブト虫を捕ってもらい、大喜びだった息子の昇。今では妹とは電話で話すか、お葬式で会うくらいで、忙しい妹とは落ち着いて話すら出来ない。

四年前に突然倒れて、そのまま帰らぬ人となってしまった姉の死亡連絡に、遠方からかけつけてくれた。四年前はまだ、世の中に新型コロナウイルスの存在などなかったからマスクはせず、お互いに近づいて話す事が出来た。未だ、元気に仕事をしていると言う妹に感心してしまった。高齢者施設でお年寄りの介護をしている妹も、元気とは言え、もう高齢だ。「元気だよ」「仕事をやめると、ボケちゃいそう」と言い、久し振りに会った妹は、若々しく見えた。

子供の頃、あの境遇をくぐり抜けた同胞は、皆が働き者だ。親の愛が少なかった妹は、母の死に号泣していた。あの時の幸子の涙に私の涙は止まってしまったのだ。父の時も、母の時も、私より合わせて六年も、愛が短い計算になると思い、可哀相に思う事もあった。子供の頃、一枚のお気に入りのワンピースを交代で着たりせず、今度生まれ変わったら、余裕ある家で、一枚ずつお揃いで、着て出掛けようね、明るい家で思いっきり遊ぼうね、とも思うのだ。妹は待っているお年寄りがいるからと言い、大きく手を振って帰っていった。

又、姉は病床に伏す事もなく、誰にも迷惑もかけず、あっという間に、この世から旅立ち、帰らぬ人となってしまった。一定の年齢になると誰もが願う、ピンコロリンは理想的な死に方かもしれないが、身内はあまりの呆気なさに戸惑う。直前まで家族全員で、テレビでサッカー観戦をし、孫と一緒に拍手をし、その勝利を喜び合っていたと言う。苦しまず、亡くなった事は幸せだったのかもしれない。よく姉は電話をかけてくれた。あの元気な声が聞けないのが寂しい。電話が鳴ると、今でも「あれ、お姉さんかな」と心が弾むのだ。最近はお姉さんから譲ってもらった紺色の帽子を被り、あちこち歩き回っている。時々、あれ、と思うのだ。天国から遊びに来たお姉さんが帽子の上に、ちょこんと乗っている気がする。小さな声で「風ちゃん」と呼んでいるように思った。「お姉さん、今度は何処へ行きましょうか」

それから、もう一つ話したい事がある。それは、もう一人大切な妹がいるという事だ。事情があって、共に過ごす事が難しくなってしまったのだ。一緒にいた頃、それはそれは可愛い子だった。遠い昔、「よーい、どーん」とかけっこをして遊んだ記憶がある。

妹は現在、幸せに暮らしている。ただ、ここへの登場には、少しためらいがあるようで、細かい事は言えない。私達は今、ごく普通にお付き合いをしている。可愛かった妹も高齢になった。私の時々の相談事や世間話にも乗ってくれ、頼りになる存在だ。

お互いに健康に気を付けて、残る人生を楽しく過ごせたら幸せと思っている。

二十三、このごろ

地球上の気温は年々上昇しているという。そのせいか今年の夏は、特別に暑く感じる。クーラーを入れっぱなしで寝るので、朝起きると足が少し痛い。その痛みは歩けば消えてしまう。毎日、歩数計をズボンのポケットに入れ歩数を日記にも記入し、ウォーキングを日課にしている私は、暑いからと歩く事を簡単に止めたくない。歩けば体も心も元気になる最良の健康法だと思うのだ。もう十五年も続けている。目標は七千歩で殆ど目標達成をしている。幸い私の住む地域には、ウォーキングに適した公園が何カ所かある。夫の運転であちこち回る。公園は土、日は賑わうが、平日の公園は人数が少ない。マスクをしている人、マスクを手に持っている人、マスクなしの人が木陰を求めて歩いている。

二〇二〇年三月、パンデミック、世界中に新型コロナ感染症という伝染病が広まってしまった。三月十四日から私の日記には感染の様子が記載されるようになった。新幹線はガラガラ、学校は小中高が休校になってしまった。大学生は入学したがオンライン授業で、一度も大学に行ってないと嘆く。運動会も、旅行も遠足も、部活動も、学校が再開されても制限されてしまった事が多かった。病院や介護施設で、保育園や学校で、クラスターが出て、未だに繰り返している。飲食業の人は経済面などで苦しめられた方が多かったようだ。こんなニュースを聞くと辛くなる。

誰がこんな世を想像しただろう。誰のせいでこんな世になってしまったのだろう。私は七十八年も生きているが、こんな世は、こんな経験は初めてだ。考えてみればコロナのない世界は幸せだった。志村けんさんも、岡江久美子さんも、死なずにすんだ筈。三密、ステイホーム、手洗い、換気、マスク、皆で気を付けたが、コロナウイルスは型を変え、尚、生き残ろうとしている。コロナに感染し苦しんだ人、亡くなってしまった人、後遺症で苦しんでいる人、他の病気で入院中でも、家族は面会出来なかった。私の家でも、出産を控えた娘の里帰り出産の病院探しに苦労をした。

出産しても院内には入れなかった。そんな事は小さな事かもしれない、生まれた新しい命に出会えれば嬉しさで、忘れてしまう。

そんな事より多くの病院の内情は、私達の想像を絶する戦いの連続で疲弊し、果てしない患者に息つく暇もない危機的状況だ、と報道されている。本当に頭の下がる想いである。せめて私達は感染しないよう努力すべきであろうと改めて感じるのである。私事だけれど、コロナ禍に、二つ残念な事があった。一つは看護学院の同窓会だ。参加するつもりだったが、二年半延期になったままだ。幹事の方からの今年の年賀状には、コロナ感染が落ち着いたら、必ず開催しましょう、と記されていた。もう一つも同窓会の延期だ。中学校の同窓会には前回も参加した。中学時代の思い出は、家庭の事情で悲しい思いをしたが、もう、いちいち気にしていない。だから二〇二二年六月、コロナ感染者数が減った際の同窓会開催のハガキは嬉しかった。ここへ来て、又急に感染者の数が多くなり、高齢者が感染すると重症化すると報道された。こんな時、身内に発熱者が出るとコロナと結びつけ、怯える。そんな折、中学校同窓会延期のハガキが届いたのだ。

二〇二二年二月、コロナ禍、「ロシア、ウクライナ侵攻」ロシアはウクライナへの全面的な侵攻を開始した。それから毎日、日に何度も戦争のニュースが流れる。原子力発電所、ザポリージャをロシア軍が占領、ロシア軍が市民四百人を拷問の上殺害など、戦争は悲惨な事ばかり。なぜ戦争をするのか、ロシアはウクライナに侵攻し、自国の領土を広げようとしているのだろうか、難しい事は分からないが、この戦争は絶対にロシアに勝たせてはいけないと思うのだ。ウクライナ国民は、毎日が生きた心地がしないだろうと心が痛む。

戦火の中、国外脱出できた人も、祖国を思う気持ちは一緒だと思うのだ。日本も、七十七年前に終戦を迎えた戦争があった。私が一歳の頃の事で、記憶にはない。母の話では戦後の数年間は衣食住に多くの人が困り、悲惨な状況の人を助けたくても、自分は人を助ける余裕がなかったと言った。

戦争中は都会の子供が農村部へ学童疎開し、東京大空襲や他の空襲で、親を失った子供達が十二万人もいたと新聞に載っていた。その数は沖縄を入れると更に増えるとある。戦争孤児となり、東京の上野駅には多くの孤児が生活していたという。国は戦争の犠牲になった子供達に十分な手助けが出来ていなかったと新聞記事にはあった。中には飢えで死亡した子も多いと知り、愚かな恐ろしい戦争は絶対にやってはいけないと強く思うのだ。

今、私達は不安な中で暮らしている。住みやすい、不安のない社会をと願うのは誰もが同じであろう。この暑さも、線状降水帯による多雨も、温暖化のせいなら、将来は非常に心配になる。コロナ感染症も刻々と変化しているようだが、未だに感染者、死者も多く深刻で不安だ。ロシア侵攻のウクライナとの戦争も心が痛い。誰か、プーチン大統領の心を変えられる人は、この世界にはいないのだろうか。八月十五日は、終戦記念日だ。七十七年前の戦争のニュースが数日前から流れる。改めて戦争は絶対にやってはいけないと思うのだ。

八月半ば、もうお盆なのに、夜中も暑い、クーラーは相変わらず入れっぱなしで、朝は体がだるい。パジャマから洋服に着替え、雨戸を開ける。次で外のフェンスを開ける。

フェンスの隣では、きれいな朝顔がたくさん咲き揃う。「おはよう」声をかけると、朝顔の花弁も風に小さく揺れて、ちゃんと挨拶をしてくれる。そんなふうに、毎朝、あちこちに咲く花達に挨拶する事が、一日の始まりである。小さな幸せの一時でもある。その後は朝食の支度で、夫と一緒に作る。三十分も経つと、私は二階のベランダで洗濯物を干す、階段から下りると、いつも、ぷーんと、いい匂いがする。テーブルには、焼き魚、納豆、ナスの煮浸し、漬け物、御飯、みそ汁、それから果物もある。夫に「ありがとう、お腹すいちゃった。美味しそう」と言うと、夫は「並べただけ」といつも言うが、いやいや違う。焼き魚はいつも夫が焼いてくれ、お茶やコーヒーは夫の役目のようになってしまった。優しい所は昔も今も同じである。結婚して四十年余り、あまり気を使わないで過ごせるので楽で良い。公園でのウォーキングはいつも一緒で、時々は赤城山や榛名山までドライブに連れて行ってくれる。新緑や紅葉の時期は特に景色が良い。覚満淵や湖の周辺を歩くと楽しい。こんな生活が、いつまで続けられるか分からないが、あの時、勇気を出して夫の元へ嫁いで良かったのだと、今更ながら思うこのごろである。

二十四、終わりに

私の遠い日の記憶を思い出すには時が経ち過ぎました。ずっと心に残る忘れられない事は鮮明に覚えているけれど、それも断片的な記憶にすぎません。高齢になり、あえて記憶の糸を手繰り、以前からの私の望みが叶えられたら嬉しいと、ずっと思っておりました。一抹の不安を抱きながら、初めての大きな挑戦でした。特に幼い頃の記憶は、その時々の子供の目で、心で感じた事であり、実際の事とは違いがあるかもしれません。又、家族に本の中へ登場してもらいました。あんな事、こんな事、書ききれない程の事がありました。亡くなってしまった姉と兄、二人とも、生前は幸せに暮らしていました。書いている途中、心が熱くなり涙が出て困りました。なんだか、過ぎてみれば、すべて幸せだったような気にさえなりました。自分を作る為の試練だったのかもしれません。今も、どんな時も、めげない、前向きに生きる力を与えてもらったように思っております。

過去から現在の自分の歩いた道を、社会の変化、時代を入れながら、私の視点で書いてみました。

大泉　風子（おおいずみ　ふうこ）

1943年10月生まれ。
准看護婦学校、高等看護学院、通信制高等学校を働きながら学び卒業し資格を得た。

内科医院に住み込みで就職。総合病院勤務。准看護婦学校専任教員として勤務。その後自営業を営む。

風子

2023年４月12日　初版第１刷発行

著　　者　大泉風子
発 行 者　中田典昭
発 行 所　東京図書出版
発行発売　株式会社 リフレ出版
〒112-0001　東京都文京区白山 5-4-1-2F
電話 (03)6772-7906　FAX 0120-41-8080
印　　刷　株式会社 ブレイン

ISBN978-4-86641-612-0 C0095
Printed in Japan 2023
日本音楽著作権協会（出）許諾第2300114-301号